简约格调 200 例

SIMPLE STYLE

东易日盛编辑部●主编

吉林科学技术出版社

CONTENTS

简单的华丽

JIANDANDE HUALI

减压空间装饰

JIANYA KONJIAN ZHUANGSHI

自由生活空间

ZIYOU SHENGHUO KONGJIAN

JIANDANDE

HUALI

简单的华丽

01

绿色植物装饰过渡空间

绿色植物放置于此，无论在位置上还是在颜色上都能达到引人注目的效果，尤其是在空间与空间的转角分割处，有很好的过渡效果。

02

小盆景让浴室更有活力

浴室给人的印象通常是阴暗潮湿的，为了让花朵在阳光下展现美好的姿态，在能够提供难得自然光源的窗台摆放。小盆的花朵便能将浴室装点得更有活力、更有生气。

03 马赛克拼贴装饰墙面

除了利用素色作为厨房的底色外，利用同色系的马赛克拼接出使用时会感到好心情的操作台背景。

04

天然装饰让空间更有活力

　　客厅的石材背景很天然，具有自然的纹理感，在这里放置是一个S形的木器插瓶，瓶里插着一些直条的翠绿色芦苇杆，翠绿的颜色、棕色的木器瓶，显得整个影视墙有了生命的活力。

05

自然风阳台改造

木质天棚的映衬下，假山、花草尽情绽放。吊挂的方式来种盆栽，不会挡住过道，却让平行视线享受到等高的美景，也是不错的配置方式。

06

—黑白设计放大空
间视觉

　　黑白相间的斑马条纹
瓷砖，使空间在视觉上得到
拓展，白色洁具，黑色的边
墙，这样的设计使人视觉并
不觉得拥挤。

O7 — 细节之处体现功能性

卫生间里每寸空间都是宝贵的，而由于卫生间功能的特殊性，圆角的设计更方便人行走，不会产生碰撞，也节省了空间。

色彩对比使空间更加协调

采用咖啡色麻面壁纸，与淡雅的米黄石材、浅黄的白橡饰面板形成色彩对比，使得整个屋子不会过于冷硬；也强调墙面的白橡木条的装饰性，又能避免整个墙面与栗色的入户防盗门产生太大的色差。

08

15

09

开放式主卫美观兼实用

在主卫的处理手法上设计师采用半开放式处理手法，美观及实用性得到展示，材料上采用黑色拉槽砖做装饰，玻璃、石材、黑砖的完美结合使得空间愈发觉得冷静和自然。条纹的手法在这里再次得到延续，配以白色的洁具，功能与时尚即得到完美体现。

黑色彰显个性

在卧室里，设计师大胆采用黑色为其主色调，延续风格的直线条元素。卧室区域以床头一朵大幅的黑底白色蒲公英为之卧室的一大亮点，打破了黑色的些许沉默，张扬的个性也在那欲飞的蒲公英中得到释放！

11

分清主次创造美感

房间内主要有主次色调之分，或冷或暖，或深或浅，不要平均对待，这样更容易产生美感。

12

收藏品成为个性装饰

每个人对于收藏喜好各有不同，限量版的球鞋成为了收藏柜的主角，除了考虑它的实用性之外，加入了一些美感的要求。

13

强烈对比冲击视觉感觉

黑与白的强烈对比，冲击力极强的视觉感受，黑色为主，洁具用白色点缀，空间变得明亮舒畅，同时兼具品味与趣味。

不同色调的白色简约时尚

客厅充满了不同色调的白，在不同光线的照射下，变幻着不同的色值，有时温暖，有时明亮，有时耀眼，有时闪光，宽广的白色底色却是始终如一的。

14

不同色调的白色简约时尚

15 — 居家空间通透而不空旷

半开放式的厨房、宽敞明亮的的餐厅、大气十足的客厅形成一个通透的整体，但是又在客厅和餐厅之间保留了一部分墙体，使得整个空间通透而不空旷，很有犹抱琵琶半遮面的空间韵味。

16 — 鲜花增添温馨气氛

鲜花是最佳的家居装饰品，只需要一个花瓶，加点清水，每天换一次水即可，放在茶几、餐桌、低柜上，就能增添温馨气氛，所散发的香味更直接刺激视觉和嗅觉。

17 柔和光晕提高用餐情结

柔和的光晕聚焦在餐桌中心，具有凝聚视觉、提高用餐情绪的作用，多头小烛台以不同的角度照亮餐桌，其构思巧妙，使人把就餐当成一种艺术享受。

柔和光晕提高用餐情结

_18

营造热情诙谐的视觉空间

简洁线条的沙发，活泼颜色的花卉，和不失趣味的茶几，创造出热情诙谐的视觉印象。

19

善用色彩展示幸福家居

居家通常偏好温馨的氛围，通过色彩和家饰合理的搭配，家具、布饰、挂画，也会打造出充满个人特色的居家空间。

20

空间环境简洁而不单调

室内空间地面大部分运用同一款瓷砖，包括电视背景墙，两侧走廊和厨房的墙面，也用同一款瓷砖，使空间环境简洁而不单调、统一而不

21

低背沙发彰显高贵典雅

低背沙发属于休息型的轻便椅，以一个支撑点来承托使用者的腰部。干净整洁的乳白色，尽显其高贵典雅，在纯白色墙体的烘托下尽显妩媚。

色彩对比活泼室内气氛

过分强调协调显得平淡无奇，单调呆板，毫无生气，恰到好处的色彩对比可使室内气氛生动活泼，乐在其中。

深浅搭配创造庄重气氛

浅色的橱柜富有朝气，深色的橱柜显得庄重，家居空间较大，精心设置少量的深色橱柜，若运用得当，能够有效地创造出一种庄重气氛，充分体现该空间的层次和主人自身的修养。

23

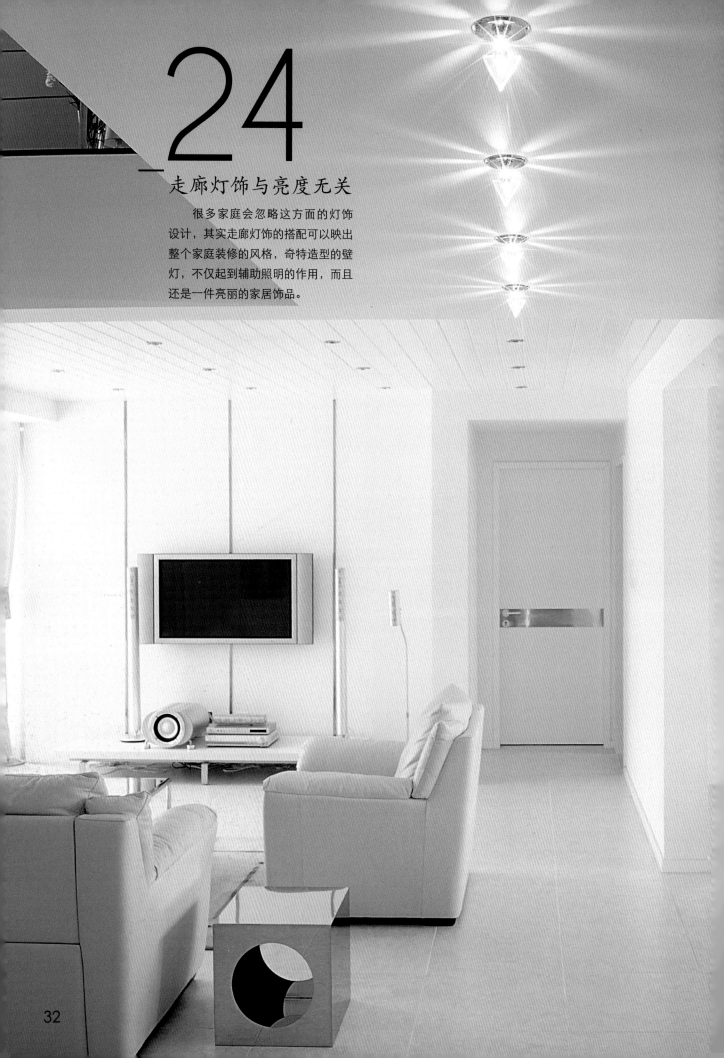

24

走廊灯饰与亮度无关

很多家庭会忽略这方面的灯饰设计，其实走廊灯饰的搭配可以映出整个家庭装修的风格，奇特造型的壁灯，不仅起到辅助照明的作用，而且还是一件亮丽的家居饰品。

25

实用朴实的舒适厨房

厨房是做饭的场所，尽量不要把它打扮的过于花哨，从节能上考虑，不要安置太多的灯饰，光源尽量选择偏暖光，这样的光线很美观。

26

新中式风格勾起怀旧思绪

　　没有刻板却不失庄重，注重品质但免去了不必要的苛刻，这些构成了新中式风格的独特魅力。特别是改变了传统家具"好看不好用，舒心不舒身"的弊端，被越来越多的人所接受。

27

雅致风格再现优雅与温馨

空间布局接近现代风格，而在具体界面形式、配线方法上则接近新古典。装饰色彩上注重颜色的和谐性。

28 创造多变的视觉效果

动感、多变的视觉效果，吸取了洛可可风格中唯美、律动的细节处理元素，受到人们的青睐，特别是深沉里显露尊贵、典雅沁透豪华的设计哲学，成为成功人士享受快乐、理念生活的一种写照。

29

个性画作给人深刻视觉感受

黑白效果的人物图案画作，令人有深刻的视觉感受，素色的床品衬托出了抱枕的花朵形式，符合私密空间里的各种心情。

30

打造休闲"软式"角落

重视休闲感与浪漫情景，让很多人喜欢在空间设置"软式"角落，增加了阅读与休闲空间，也为心灵找到了一个安静的地方。

31

一 根据实用需求设计空间

要让单品的兼容性高，又不会随着时间而失去美感，就属线条简单、据设计感且用色单纯的单品最耐看。

因为居住者的不同需求，改变墙面，变为从上到下的柜体，形成自由变动的格子造型，创造出最灵动、流畅的走动空间。

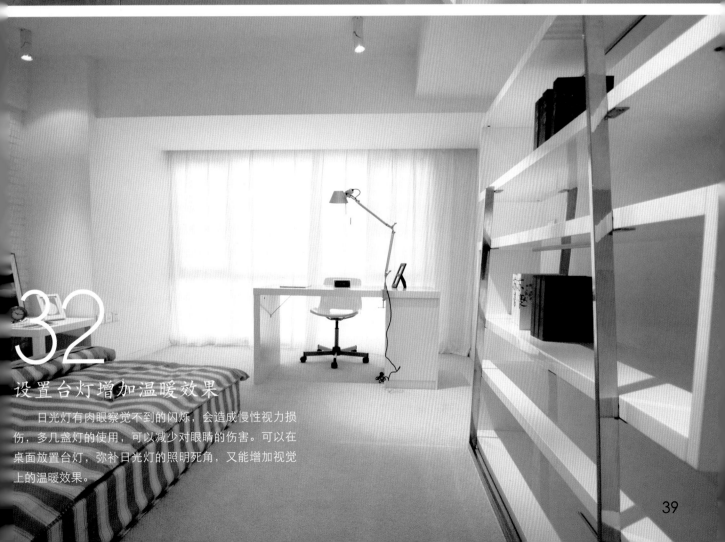

32

设置台灯增加温暖效果

日光灯有肉眼察觉不到的闪烁，会造成慢性视力损伤，多几盏灯的使用，可以减少对眼睛的伤害。可以在桌面放置台灯，弥补日光灯的照明死角，又能增加视觉上的温暖效果。

33

合理规划巧收纳

生活物品有很多，事先做好分类则将有助于日后的收纳，比起开放式收纳规划，柜体收纳方式更合适，除可将对象分类管理，更能保持私密性。

34

书房宜用中性颜色

　　书房是长时间使用的场所，避免强列色彩刺激，宜多用明亮的无彩色等中性颜色，搭配浅色条纹床饰，让人在轻松自如的气氛中更投入地工作，更自由的休息。

35

一副心仪的画作布置

　　画作在个人工作室内，有着举足轻重、不可或缺的作用。因此，选一幅自己心仪的画作布置，一来可以振奋工作精神，二来可表现主人的个性与品味。

36

活用玻璃给人视觉享受

　　玻璃作为楼梯扶手，若隐若现，简洁大方，不浪费空间的前提下给人视觉以美的享受。

37

营造温暖的空间氛围

　　通过色彩和家饰合理的搭配，可以营造出温暖的空间氛围，搭配自己喜欢的色彩、家具、布饰、装饰画作，打造出充满个人特色的居家空间。

38

白色营造宁静祥和空间

　　客厅内的家具、饰物、器皿分别由几种不同色差的白组成：浅白色文化砖堆砌的墙、乳白色的沙发、墙体、顶棚、家居表面不同材质的对比，形成了略有不同但又和谐的感官视觉，这一切给人的感觉很闲适，营造了一个宁静而祥和的空间。

39

打造绿意缤纷的个性天地

洗手台上栽种小巧可爱的绿色盆栽，透明玻璃的花盆清新自然，取材于大自然的美丽植物，不论在室内还是在室外都可以营造出属于自己的一片绿意缤纷的天地。

40

自然又写意的元素

取于大自然的石材，改变了其形态，没改变的是它的质朴。没有过多的修饰，没有强烈的色彩，平淡中凸显雅致。

41

营造现代简约风格

大块彩色瓷砖的堆砌，圆形黄色洗漱盆与圆形梳妆镜的相互对应，营造了现代简约风格，不拘小节、没有束缚，简单的环境给自己的身心一个放松的空间。

42

白色有放大空间的作用

白色有扩展视觉的效果，空间多用白
色即有放大空间的作用，客厅的角落放入
一株绿色植物，适当地展现出空间开阔、
自然不拘一格的情调。

43

以简单为原则，
打造实用厨房

根据现有的空间，考虑
厨房活动路线及自家饮食、
做菜习惯，以简单为原则，
挑选必备、适合的厨房设备
及用具，再用心添购些实用
又兼具装饰作用的厨房小物
件，厨房就变成了人见人爱
的小角落。

让操作空间更顺畅

厨房是家中最要求方便操作、充分发挥
功能性的独特空间，装饰布置时，不可为了
只要求美观而加上没必要的缀饰，造成做家
务的不便。

44

45

客厅照明兼顾实用性和装饰性

客厅的灯光有两个功能：实用性和装饰性，为了让家人在日常的生活中有合适的照明条件，嵌入墙壁中的灯饰，落地灯的使用，都使房间的照明均匀。

46

食器也可用来布置餐桌

　　不同色彩、图样、材质的食器，可以用来布置出各种餐桌的风貌，陶器与瓷器是餐具材质的主流，金属与木质可以调冷与暖、硬与软的感觉。

47

巧用玻璃产生最佳装饰效果

复式和跃层住宅的起居室里，最为引人注目的往往是楼梯。合理利用空间，巧妙地选择玻璃，可使居室产生最佳装饰艺术效果，它既满足人们使用功能的要求，又可以给人美的享受。从功能上讲，作为垂直交通的工具，楼梯将层与层之间紧密地联系在一起，但除了满足实用功能之外，还应该把它作为一件艺术品来设计。

48 — 卧室颜色多使用暖色调

让你在这里消除一天工作的辛劳。一般情况下，墙壁、家具以及灯光的颜色是暖色调的。卧室设计的核心是床，其他的家具和摆设根据自己的习惯来添加。卧室的灯光应当选用可调节的，因为有些人喜欢在昏暗的灯光下入睡，有些人则会在柔和的灯光下阅读。

49

深色沙发搭配浅色靠垫

深色沙发在搭配靠垫时，选择较浅的靠垫，并考虑选择临近或同色系，这样组合起来更加协调，不但活泼，而且更加时尚。

玻璃隔断营造别样意境

客卫和主卫的韵味完全不同，充满阳光味道的瓷砖和浴帘，给客人带来的温暖和体贴自然不言而喻，屋顶射灯的巧妙运用，透过磨砂的玻璃隔断增添了一份意境和遐想。

51

书画装点墙面，简约时尚

不少家庭用书画装点居室，美化环境，增添光彩，已成为一种时尚。

52

黑色楼梯透露自信感

楼梯选择了黑色，充满了酷酷的味道，工业质感十分抢眼，从楼下望上去，直线条的楼梯在直来直往中透露着一份自信。

53

黑白灰的搭配不会过时

家里温暖如春，洋溢着洋洋暖意。无论在哪一个流行领域，黑白灰的搭配永远不会过时。落地的鱼缸给空间增加了灵动的感觉。

54

强烈对比使空间更有立体感

主卫采用了干湿分区的设计，两个区域用瓷砖色彩的深浅差异巧妙的区割，在瓷砖和洁具色彩的运用上形成了强烈的对比，使空间很有立体感，简单并实用的浴室柜，裸露的木质隔断和屋顶的木质结构交相辉映，空间就这样被合理的诠释。

55

个性化装饰美观实用

卫生间洗漱台突破性的装饰了两个洗手盆，而且便于梳妆打扮。洗手盆的下方安上两个木板，放一些平时不用又可随用随取的东西，这样可以解决卫生间的壁柜不够用的矛盾。

56 — 合理利用空间特点进行规划

　　根据斜屋顶的房屋特色，书架被设计得十分符合空间意图，很好地利用了空间的特点，在透过阳光的窗下阅读一本喜爱的书，品尝一份美好的回忆，拾回所有丢失的心情。书桌旁边的柜子充满设计感，不但可以单独储物，更可以抽出来变成独立的睡床，多功能不但节省了空间，更充满了生活乐趣。

57

卧室强调使用中的舒适感觉

　　简约强调的是视觉的单纯和使用中的舒适感觉。拿每个家庭都需要的床来说，高档简约的床具从床体到床垫完全按照人体工程学设计，经过高温高压处理的排骨架、回弹力极高的弹簧等，毫不拖泥带水，却能让你拥有舒适的睡眠时间。本案中的卧室便极尽简约之能，主人的卧室十分干净，灰白格子的床品、淡黄色的壁纸，空间的氛围柔和、融洽。一个红色的小沙发跳出人们的视线，它的形状酷似花瓣，在卧室的一角静静地绽放。

58

层次分明的设计看起来更宽敞

简洁的用色，简单的装饰，层次分明的空间设计，让开放式的格局看起来更加宽敞。

5·9 — 风格统一，时尚简约

地砖的接缝粗细一致，浴室的墙采用砖砌贴瓷砖方式，地砖和墙砖的黄白色彩穿插，使卫生间的装修统一在一个风格下。

60

家具应具实用兼装饰功能

家具兼有实用和装饰双重功能，房间的尺寸较大，所以家具更多地被看成是空间中的陈列品，在造型上将其作为三维的要素来处理，并具有很大的独立性。因此，旧式家具多采用浓重的色调，施以雕刻。

61

颜色搭配符合房
间整体基调

　　黑白相间的楼梯，比起
单一颜色，这种楼梯似乎多
了一份活泼情趣。灰色简约
型沙发与楼梯的黑白形成了
房间的整个基调。

展现中式文化永恒美感

　　禅意十足的设计，中式家具的摆放，把中国的传统文化和现代人的生活习惯及审美要求进行无缝的结合，以展现中国传统艺术的永恒美感。

回归淳朴的乡村风格

一路拼搏之后的那份释然，让人们对大自然产生无限向往，回归与眷恋、淳朴与真诚，也正是对生活的感悟，乡村的风格摒弃了繁琐和奢华，并将不同风格中的优秀元素汇集融合。

64

装饰墙面尽显田园气息

墙面在室内环境中起着衬托的功能，淡而雅的色调，白色的家具在其映衬下，尽显浓郁的田园气息。

欧式古典与现代简约的完美结合

空间布局接近现代风格，而在具体的界面形式、配线方法上则接近新古典，喜欢欧式古典的浪漫，却没有高贵的繁琐束缚，喜欢简约干练，却没有缺少典雅与温馨。

66

利用阳台作室内
空间延伸

阳台是室内空间的延
伸，也是室内面积的补充，
一定要充分利用。

67

打造暖色调温馨浴室

浴室的空间十分开阔，主体色彩以暖色调的粉色为主，白色的浴室设备成为配角，却不失光亮。

68

打造充满个人特色的居家空间

　　居家偏好温馨的氛围，通过色彩和家饰合理的搭配，营造出温暖的空间气氛，选择自己喜欢的色彩，暗红色的背景衬托白色床品，打造出充满个人特色的居家空间。

JIANYA
KONJIAN ZHUANGSHI
减压空间装饰

O1

简约风格给人真实的感受

　　随处不在的浪漫主义气息和兼容并蓄的文化品位，以其极具亲和力的田园风情，对于习惯了喧嚣的现代都市人而言，给了人们真实的感受。

02

巧搭冷色调的寂静空间

　　在室内设计中，色彩的组成与搭配是非常
重要的，冷色调的蓝色，在一天的尘嚣过后，
沉浸在大海般寂静的家中。

03

沙发颜色与整体色调相一致

沙发的颜色也是室内整体色调的组成部分，应与室内的整体色调相一致，极具个性色彩的紫色沙发映衬在黑白竖条背景下，更显其个性色彩。

04

吧台可以做为空间的隔断

做为功能区的一部分，吧台为开放式的厨房与餐厅进行了空间的分割。炫目的灯光、大理石与金属的质感，再配以不同辅材的吧台，完美线条下，大空间也显得尤为优雅。

05

开放式书柜通透而具实用性

　　书柜为半开放式，通透而具有实用性，纹理清晰，采用玻璃柜门，实现了结合现代生活的完美演泽。

06

卫生间选材要防水耐用

卫生间的设计以方便、安全、易于清洗及美观得体为主。由于水气很重，内部装璜用料应以防水物料为主。以天然石料做成地砖，既防水又耐用。大型瓷砖清洗方便，容易保持干爽。

07

追求现代简约的设计风格

居室的客厅，简约、现代的设计风格是人们所追求的。客厅以淡色调为主，墙体柜使用的是枫木作为原材料，直线条造型，地面饰以深色地砖，整个格调清新、优雅。

08

绿色植物要呼应空间的风格

　　为了呼应空间的风格，绿色植物的设定与形态的选取应该以客厅中大面积的表现为标准，橘色花卉带来的喜悦，传递着快乐的因素。

09

统一风格与色调

每个居家都能找出一个大致的风格与色调，可以根据这个统一的基调来布置，家里的感觉简洁利落，那么具有设计感的装饰品就很适合整个空间的协调性。

10

色彩的巧妙运用

　　颜色，决定空间的整体感觉，反映出空间的个性，影响着人的心理和情绪。对比色彩给人强烈的感受，紫色的窗帘与点滴的黄色花朵无形中给宁静的家居环境增添了一抹光彩。

仔细考虑画作的布置

选用画作取代柜子面上的油漆，在私密空间中尽情展现其美感。画作的内容与色调都要与家里的风格相匹配。

11

12

植物具有最自然的美感

要为居家带进大自然的气息，直接用花草来布置是最好的办法，植物本身具有自然的美感，
与室内家具饰品相互搭配，其关系就如鱼帮水、水帮鱼，就会有相辅相成的效果。

13

打造现代时尚风格

现代时尚风格，以鲜明的时代特征和前卫意识贯穿于其中，延伸到生活中，无处不在，其整体造型简洁、选材新颖、色彩上强调视觉作用和心理效果。

14

设计干湿分离的卫浴

卫浴的干湿分离，如厕的味道就可以在独立小空间中迅速抽换成新鲜空气，又不至影响洗漱室的气味。

15

寓教于乐的幸福儿童房

儿童房是个多功能室，要学习，又要娱乐，还要休息。儿童房的家具要平稳坚固，不会倾倒，以防止儿童受意外伤害。儿童富于想象，好奇心强，好动，可专门设立一个娱乐区，让孩子在此娱乐。

16

利用植物引导空间
的动线

大自然里植物的弯曲方向有
引导人视觉的功能，使用容易控
制曲度的植物引导空间的活动路
线，将功能性隐于无形，是最高
明的精神式布置法。

17

设计方便实用的洗手台

洗手台是浴室空间里最实用的角落，不但所有洗漱的工具摆放在这里，还有整理仪容的镜子，蓝色与紫色的遥相呼应，增添了其趣味，让自己在洗漱时，就能开始美好的一天。

18

自然色调营造乡村风格

　　乡村风格的色彩以自然色调为主，壁纸多为仿纸浆质地，蓝色的花
朵飘荡在空中，自然、怀旧，散发着泥土芬芳的色彩。

19

新古典风格体现高贵

注重装饰效果的同时，用现代的手法和材质还原古典气质，完美的结合让人们在享受物质文明的同时得到了精神上的慰藉。注重线条的搭配以及线条与线条的比例关系。

20

根据天花板设计光源

    天花板中不光结合天花叠级以及天花平面造型等，将光暗藏明装或半暗藏，让一次光源与二次光源等多种光源相互选择作用。水晶灯的选择具有美化室内的作用，使沙发的颜色看起来更加鲜明、跳跃。

_21

巧用布品打造个人居家风格

　　大胆地挑选较具设计感的图案，或是鲜艳的颜色，让原本只是配角的布品，一跃成为视觉的焦点，色彩艳绚丽的印花布、典雅高贵的提花布，更容易、更快速地打造专属的个人居家风格。

22

装饰布品柔化居室空间

居家环境无非是想拥有舒适感，而柔软的布品不仅能让居住空间散发温馨的感觉，对于空间格局中较刚硬的线条、较冷的色调，都可以用布料柔化空间。

— 色彩搭配更显清新雅致

紫色星星点点的小花用作窗帘，紫色抽象大花
作为床品，两者争奇斗艳，在宁静的乳白色家具衬
托下，更显其清新雅致。

24

单人座椅营造休闲角落

　　奇特的蛋式造型，特别的紫色坐垫，营造出舒适的环境，打破常规的形式营造出了休闲的一角。

25

搭配有变化的靠垫更加时尚

深色的沙发，为避免单调，选择了有花纹、有变
化的靠垫，这样更加活泼，更加时尚。

渗透着欧式情怀的温馨卫浴

金色雕刻花纹的巴洛克式的镜子，渗透着欧式的情怀，两侧灯上的株连不仅
仅是装饰，而且还有很大的反射作用，让光线均匀地照在房间的各个角落。

27

搭配浓郁的地中海色调

色彩和家饰合理的搭配，营造出温暖的空间氛围，蓝色的马赛克瓷砖拼贴艺术作品，浓郁的地中海色调，给人返璞归真的感受。

复古风散发浪漫气息

镂空的白花纹装饰墙壁，青铜器颜色的地砖，古朴中散发着浪漫，绿色植物在墙的一角静静开放，躁动的心在这一刻平静之至。

选择适合家居风格的灯饰

灯饰不仅仅是照明，更是一件艺术品，灯饰在艺术处理上，根据整体空间艺术构思，选择合适家居风格的材质、色彩和光源类型，灯饰不同材质上灯光产生反射、吸收，给室内的空间氛围不同。

30

落地窗纳入大量自然光线

客厅是主人着力塑造的生活空间，整扇落地窗带来了大量最自然的光线，以至于这间客厅不需要大型吊顶灯来提供光源，看似无规律实则有规律排列的几盏吸顶灯并不吸引眼球，但却足以满足补光和点缀的要求。

31

古典灯饰衬托豪华格调

古典现代风格的灯饰，幻丽灿烂，衬托豪华格调，镀金铜灯古朴典雅，展现欧式风情，使用镀铬的金属灯冷冷中渗出一种沉静，具有现代感。

古典灯饰衬托豪华格调

古典现代风格的灯饰，幻丽灿烂，衬托豪华格调，镀金铜灯古朴典雅，使用镀铬的金属灯冷冷中渗出一种沉静，具有现代感。

32

合理搭配，简约而不单调

简约不等于简单，是经过深思熟虑后，经过创新得出的设计和思路的延展，黑与白的简单搭配，木质原始纹理穿插其中。

33

巧搭国画与现代简约风格相兼容

同样是暗藏的装饰推拉门，门上的一幅精致的花鸟国画，相比客厅的艺术壁画活跃不少，给整体素雅的房间添加了更多鲜活的元素。设计师独具创意的做法，不但没有破坏卧室的格局，没有一点突兀之感，反而更具自然魅力，与现代简约风格相兼容。国画上的梅花竞相开放，小鸟栩栩如生，似乎正要振翅高飞，动与静的组合调解着空间的情绪。

壁挂电视节省空间

　　主卧的空间布局相对紧凑，壁挂电视节省了不少空间，卧室充分的光源通过玻璃窗照射在被整幅沙缦所覆盖的墙面上，平静安详。贝壳艺术灯的精巧让卧室返璞归真，自然气息散发出来格外温馨。卧室的整体色调是白色，清新明亮的风格没有过多的装饰，置身其间，可以感觉到卧室就是卧室，是主人休息的地方而已。

35

艺术壁画形成视觉冲击

　　在原本就淡雅简洁的客厅中挂上一幅冷色调为主的艺术壁画，这可能是进入这个空间后最先给人造成视觉冲击的看点。与地面上的皮草地毯花纹相呼应，这幅艺术壁画给人以冷艳的视觉感受，这正符合年轻主人桀骜不驯的性格。推开壁画门，隐藏在壁画后面的是客厅电视墙，利用暗门把实用性与艺术性相结合，设计师在这里体现了深厚的设计功底。

36

对比色彩的运用突显个性

清丽的绿、浓艳的红、素雅的蓝、欢快的黄，几种对比强列的色彩运用在一起，明亮、热烈，对比色彩的运用突显了主人的个性。

37

营造精致的生活空间

宝蓝色的窗帘，配以白色镂空花色墙壁，高贵的材质保留了高级时尚的质感，传递出了优雅的气质，细节处的选择，造就不同凡响的细致空间。

沙发靠垫为客厅制造新亮点

为简洁风格的沙发来搭配靠垫，不仅可以使沙发焕发光彩，而且还能为客厅制造新亮点，蓝色的沙发与绿色靠垫，制造出犹如戏剧效果的冲突。

39

大块瓷砖延伸空间感

　　在长方形的卫浴空间中，色块拼贴的瓷砖大面积地铺贴墙面与地面，延伸了空间感，使整个空间贯通。以白色的条形色块来营造明快、简洁，却富有创意的风格。

40

差别化的材质让卧室不会过于单调

　　白色的卧室是许多人的选择，明亮、简洁、静谧，像奶油一样柔和，白
色卧室里使用的各种材质一定要有区别，窗帘是白色真丝，床品带暗纹、绣
花的效果，运用差别化的材质，白色卧室就不会过于单调。

圆转角的玻璃浴室时尚简约

　　黑白色马赛克有规则地拼贴，与浴室整体风格搭配，空间看
起来更舒适，圆转角的玻璃浴室轻松地将干湿区域分开，起到通
透的效果，曼妙可人。

42

营造清爽宜人的舒适空间

素雅的装饰让人感到整个房间都清爽宜人，甚至连空气都变得纯净清新了。在舒适宜人的空间中，不可缺少的是充足的阳光和令人神清气爽的微风。素雅彩色条纹的靠垫，让房间纯净之中透着一丝温馨。

43

大型观叶植物具纵深感

　　客厅是家庭的活动中心，面积大，角落里放置大型的观叶植物，井井有条并具纵深感。

44

色彩搭配散发神秘气息

紫色的木门，衬托在白色的空间内，充满浪漫、神秘气息。

45

花卉增添自然气息

花卉图案的画作增添室内自然气息，给人以热情而文雅的感受。餐桌上颜色鲜艳的百合花与之争奇斗艳。

ZIYOU

SHENGHUO KONGJIAN

自由生活空间

01

设计自然清新的阳光室

　　洁净的玻璃窗格轻轻过滤了阳光，自然材质的各种石材用最原始的粗犷和感觉装饰了阳光室的风格。而上面掏出的两个窗格则增加了平面墙体的节奏。木质的陈列架、玻璃下的鹅卵石也都应景的出现在此。藤制的坐椅和小茶桌精致文雅，与四周的环境相得益彰。与客厅的冷静相比，阳光室的设计更显自然清新。

02

藤制家具巧搭配

暗色藤条是未去皮的天然材料，用它所编织的家具结构坚实，厚重自然。暗褐色的藤条桌子，配上白色茶具，形成美丽的反差。

03

打造清新流畅的休闲空间

　　紫色的背景墙，给人以沉静的感觉，给人无限浪漫的联想，横与竖的空间分割清新、流畅。休闲区的合理分割，增加了休息的空间。

04

—用马赛克装饰墙面

马赛克装饰的墙面为单调的
墙壁增添了一抹新意。

05

个性装饰制造视觉焦点

四个具有特殊中式风格的装饰作品，放置在墙上，无需放在特有的位置，就能制造视觉焦点。

把握多而不乱的摆放原则

围绕着客厅沙发重心的茶几，当然，也是展现视觉的最佳选择，不管是实用也好、装饰也罢，只要把握多而不乱，单一而具特色的摆放原则，可爱造型的鱼缸、晶莹剔透的玻璃杯，都可以随性地摆上茶几，吸引众人的目光。

06

07

控制色彩的运用比例

　　这种风格要保持品位，切忌色彩太多，而且还要以浅色为主，主要用金、银等金属色，最好把比例控制在8%～10%。

08

规划方形客厅的布置摆法

　　方形客厅的常规摆放法，一边"L"型格局，最适合朝南或者朝东方向的客厅，吸收大量的阳光，并打破了方形空间带来的规矩感觉。

09

无相似点的风格不要混搭

地板、地砖的颜色也不能过深，窗帘和软装饰可选择的灵活性大些，但是也要注意不同的地域、不同的时空没有相似点的风格最好不要混搭。

10

利用个性装饰突显风格

时过境迁，几年前的你精心淘购的时髦家具，现在可能成为大众普及、司通见惯的一套了，还想让你的家居重新充满新鲜亮丽的时尚气息吗？没问题，拥有这款眩幻彩灯，照样将你的居室打造得美仑美奂。

11

布饰突显温馨特质

　　幽静午夜，暖暖柔光，温厚的老房子在素雅条纹窗帘以及精彩墙画的映衬下显得愈加流光溢彩，陪伴你度过一个个恬静的子夜时光。

混色搭配营造活泼氛围

　　没有图案不代表没有设计，马赛克的色泽有纯色、同色系、混色、金属色等多种搭配方式。混色搭配不仅限于蓝、绿、白的组合，大胆运用翠绿、艳黄、宝石蓝、粉紫等明亮的色彩，营造光鲜活泼的氛围。

黑白相间体现精致线条和造型

　　极简主义设计风格充满了"冷酷"感。黑白相间的设计理念，体现出精致的线条和造型，黑色的墙砖、白色的地砖，让空间看起来张弛有度，毫不落俗。

14

几何图形活化视觉

客厅中纯色系鲜亮的背景色与开阔简约的家具布置，以及顶梁原木的分栏，在不经意之中造就了一派异国情调，活动式茶几和几何图形靠垫的组合，在这个空间，意蕴便蔓生于这脉枝节。

15

时尚简约的个性卧室

纯粹的卧室是睡眠和更衣的房间，但是更确切地说卧室是一个完全属于主人自己的房间，在这里读书、看报、看电视、写信、喝茶等等，当你不愿被他人打扰时你就会躲进卧室里。卧室首先应考虑的是舒适和安静。

16

选择"快乐"的家居色彩

不同的色彩，给人带来不同的心理感受。家居布置，选择"快乐"的色彩，不管你在外面时心情怎样，只要你一踏进家门，心情能变得快乐、温馨。

17

设计自己喜欢的书房风格

读书和娱乐的和谐统一，不要仅仅考虑其形式是否符合"书香"的要求，毕竟现在已经进入了信息化高速发展的时代，另外，书房的风格完全可以按照自己喜欢的风格去设计，橘黄色的墙壁衬托鲜艳的书本是最明快的选择。

18

营造舒适温馨的阅读环境

选择舒适的角落辟出空间作为书房。大红色的床榻式座椅舒适而温馨，在舒适中体验畅游书海的乐趣。

19

儿童房美观兼实用

儿童房设计是普通人家中常见的景色，即便是铺陈开来的花样年华、彩虹风景、童趣玩偶，这里依然有简单的木质双层儿童床、轻便的收纳空间、轻减出来的灯饰和家具……独留出孩子眼中的"必须"，生活常态的"必备"。

20

水晶吊灯彰显大气

吊灯一般是客厅的主光源，吊灯的特色是引人注目，直接影响到整个客厅的风格。设计别致的水晶吊灯适合气派的大厅，那一颗颗小水晶经过精心的多重打磨，闪烁出耀眼的光芒。

21

自然朴实的主人卧室

　　主卧是主人的私密空间，在这里主人可以完全释放自我，整体色调沉稳和谐，深沉所表现的力量，棉麻所拥有的韧性，是主人性格最好的体现。没有过多奢华和富丽堂皇，主人想表达的是一种自然、朴实的禅风，是现代元素和自然色彩的结合，是空灵境界和现实空间的融会贯通。

22 主卫的变化与创新

　　主卫和客卫在风格和功能上都有所区分，主卫选择了桑拿板和马赛克相结合的整体空间设计，不但有金属的光泽，还有温暖的气氛。功能性当然不可缺少，造型别致的面盆、浴缸都经过了主人的精挑细选。

23

中式元素渗入现代居室中

中式元素进行无限放大，穿插于每个空间，将传统中式底蕴和谐地渗入到现代居室中。

24

回归自然，体验自然

绿色与白色的相互搭配，体现了田园的
感觉，回归自然，体验自然。

25

用光线提升质感

走廊布满了点点灯光，自然的味道依旧在空间中继续延续。

强调意境的空间布局

　　通透而狭长的客厅，使空间内部采光良好，整个客厅充满禅韵的家具，材质多以胡桃木、榉木为多，偶尔有石头、金属、玻璃等质感突出的材料夹杂其中，这也是禅风在现代家居中的最好体现。家具的款式介乎传统和现代之间，线条简练流畅。客厅的色调偏重沉稳的咖啡色和深褐色，搭配一些明亮色彩的细节设计，空间依旧自然、单纯。设计师在空间的布局上极其强调意境的创造，客厅中并没有太多的饰品，一朵飘摇的莲花、一个小小的酒壶……画龙点睛的艺术效果立即呈现。

27

自然质朴的餐厅设计

随着空间的推进，餐厅展现在我们面前，空间的自然划分，使客厅和餐厅之间既相互关联又有所区隔。餐厅依旧沿袭着自然、质朴的设计理念，木质的餐桌、陶制的精致餐具，朴素不代表普通，简洁也不单纯就是简单，我们又一次感受着自然色彩带来了十足的自然韵味，你会发现自然的禅韵在点点的灯光中——体现。

一扇大大的玻璃窗，诉说着出产美味的厨房空间，这里充满浓浓的现代感，金属、玻璃、木纹的时尚建材带来一丝酷感，整体橱柜淡雅的颜色淡泊了世俗的斑斓，只留下一份质朴震撼你的心神。

28

客卫注重方便和随意性

　　客卫除了给客人带来强烈的视觉享受，更注重方便和随意，干湿分区的设计成就客人的各种需求，地面和墙面选择了实用和耐用的地砖，整体的白色简单、纯洁，简单得充满力量，纯洁得让人透彻。

29

善用角落空间作收纳

单纯的浅色作为空间色调，形状特殊的洗手盆无形中增添了空间的玩味，洗手台下方做吊柜，可储存大量物品。

强烈色彩增加视觉冲击力

墙角红色的装饰，把视线拉扯了过去，黄色的靠垫更加增强了视觉冲击力，同时空间里其他饰品无须装点，便可成为经典。

31

规划以生活为主的居住空间

现代家居风格强调的就是简单，壁面繁复的装饰，在空间中展示简单的线条，规划以人生活为主角的居住空间。

创意妙想体现良好的设计感觉

　　餐厅的储酒墙，最初的创意是设计一座红砖墙，并在储酒的位置做成了有如凿
子凿出的凹陷效果，后来因为施工难度等问题没有实现，不过还是在玻璃隔板的比
例与厚度以及交界点使用不锈钢装饰，体现出了良好的设计感觉。

33

打造田园小屋的感觉

　　现代建筑施工技术允许开窗户，让光线进来，使空间清爽、干净，具有穿透感。利用木质原有的颜色、形态做成的桌子，与照射进来的光线找到了田园小屋的感觉。

34

设计有如客厅感觉的书房

　　书房是一个可以看书和会客的地方，而不只是用来工作的，所以最后呈现出了有如客厅的感觉。

35

享受生活的宽敞卫生间

拥有一间宽敞的卫生间，就可以按自己的喜好来设计，可以在其中设置的豪华浴缸，富有朦胧诗意的灯光，舒畅怡人的绿意，舒适悠闲的坐椅等各类设施，也可以将浴室、更衣化妆室、瘦身健美室都融入到卫生间内，来个多功能设计。为瘦身、健身带来方便，也为享受健康生活提供一个良好的空间。

36

量身定做个性底柜

　　底柜充实丰满强烈的中式风格，高贵的紫色洗手盆与对面玻璃瓶里的装饰物遥相呼应，同时可以将其他使用周期稍长的洗涤清洁用品整齐地收藏在面盆下面的小柜中。

37

时尚现代混搭风

现代混搭风的特性之一，就是对于居住者的个人品味的突显，居住者自己的私人收藏品，是相当好的布置原色。

营造简约温馨的卧室风格

简约温馨是大多数人在装扮卧室时会考虑的风格，整个卧室没有过于抢眼的颜色，白色、深红色、黑色相互映衬，整体色调单纯而不单调，干净的白色床品搭配深红色靠垫，使卧室看起来理性、含蓄、现代味十足。

布置小物增添空间灵动性

古朴的装饰小物件，增添空间的灵动色彩。

40

打造新中式风格客厅

　　新中式风格客厅家居演绎的是中国五千年悠久传统文化，新中式风格不是纯粹的元素堆砌，而是通过对传统文化的认识，将现代元素和传统元素结合在一起，以现代人的审美需求来打造富有传统韵味的事物，让传统艺术在当今社会得到合适的体现。

41

黑白对比体现现代冷酷感

干净简洁、颜色复古、充满创意的客厅家具，对客厅空间设计来说是非常不错的选择。简单的白色框架电视，与黑色沙发形成鲜明对比，表现现代冷酷。

42

中式风格，西式陈设

　　新中式风格，西式陈设，木质材料居多，颜色多以仿花梨木和紫檀色为主，空间之间的关系与欧式风格差别较大，更讲究空间的借鉴和渗透。

43

质朴而具现代感的风格

灵动的空间，喜欢以水平走向搭配
强而有力的隔断相互交错，展现质朴而
具现代感的风格。

注意整体颜色的和谐性

　　空间布局接近现代风格，而在具体的界面形
式、配线方法上则接近新古典，在选材方面注意颜
色的和谐性。

餐厅设计考虑功能和氛围

餐厅的设计要考虑功能和氛围，有个好心情最
能引起食欲，利于细细享受美味佳肴。

46

怡情养性的休闲书房

　　工作室不像客厅、餐厅需要展现风格，壁面的使用上，也可趋向较为私密的喜好设定，藏书量没有那么多，也没关系，就把它当作展示柜，一个个填进，倒也不失书房怡情养性的气氛。

47

用地毯提升屋内舒适度

踩在冰冷的地板上，总是令人感觉不到温暖，特别是在寒冷的冬季，放上一块地毯，可以让脚掌得到温暖的呵护。

紫色有利于睡眠，解去疲惫

紫色，有利于睡眠、舒缓身心、解去疲惫，床单的花色，也是一进卧室眼睛最先触及的焦点。

49

享受无穷的布置乐趣

　　浴室空间通常比较狭窄，若是每个地方都布置上花卉，就会显得异常凌乱，反而破坏花卉美化角色的效果，可以随心情灵活变换摆放的位置，享受无穷的布置乐趣。

50

利用镜子放大空间

　　镜子足足让卫生间大了1倍！镜子的镜像原理，通过镜子反射，在视觉空间上产生虚拟空间！配以圆柱形水池更加增添了其趣味性。

布置单品与空间完美搭配

单品的兼容性高，又不会随时间失去美
感，就属线条简单、具设计感且用色单纯高雅
的单品最耐看，也最容易与整体空间做搭配。

52

黑白搭配使空间无限延伸

空间主要以单纯而带有质感的白色瓷砖为主，搭配黑色地砖，可以使空间得到无限延伸。

沙发的材质体现舒适感

舒适感极强的沙发，仿龟皮的材质，类似动物的皮毛，经纬线结合密程大，耐磨、防油渍，非常适合有小孩子的家庭。

54

打造专属个人特色的空间

每个人都有其特殊品位以及对居家的梦想，不需要强求、模仿别人的生活模式，试着找出自己的特色来，这才是最棒的设计。

图书在版编目（CIP）数据

简约格调200例 / 东易日盛编辑部主编. -- 长春 ：吉
林科学技术出版社，2010.5
ISBN 978-7-5384-4667-8

Ⅰ. ①简… Ⅱ. ①东… Ⅲ. ①住宅—室内装修—建筑
设计—图集 Ⅳ. ①TU767-64

中国版本图书馆CIP数据核字(2010)第046681号

東易日盛®
家居装饰集团

简约格调
200例
SIMPLE STYLE

东易日盛编辑部 / 主编
责任编辑 / 崔　岩　解春谊
特约编辑 / 邓　娴
封面设计 / 崔　岩　崔栢瑞
图片提供 / 东易日盛家居装饰集团股份有限公司
首席摄影 / 恽　伟
设计助理 / 邓　娴　沈杨　李　璐　崔　城　刘　冰　田天航　李　爽
　　　　　赵淑岩　沈　彤　陈　瑶　韩淑兰　韩志武　王　倩　张　萍
　　　　　崔梅花　韩宝玉　王　伟　朴洁莲　具杨花　宋　艳
内文设计 / 吴凤泽　李　萍　潘　玲　潘　多　田　雨

吉林科学技术出版社出版、发行
社址 / 长春市人民大街4646号
邮编 / 130021
发行部电话 传真 / 0431-85677817　85635177　85651759
　　　　　　　　　　　 85651628　85600611　85670016
储运部电话 / 0431-84612872
编辑部电话 / 0431-85679177　85635186
网址 / www.jlstp.com
实名 / 吉林科学技术出版社
印刷 / 长春新华印刷集团有限公司

如有印装质量问题　可寄出版社调换
889mm×1194mm　　16开
11.5印张　　100千字
2010年7月第1版　　2010年7月第1次印刷
ISBN　978-7-5384-4667-8
定价 / 39.90元